Dominando a Susan

Última prueba

Dominando a Susan Vol. 8

Erika Sanders

Dominando a Susan
Última Prueba
(Dominación y Sumisión Erótica)

Erika Sanders
Serie
Dominando a Susan Vol. 8

Primera edición: 2025

Sinopsis

Susan, después de acabar la universidad se encamina hacia su primer trabajo, un empleo proporcionado por un amigo de la familia, Robert, que siempre ha tenido un especial deseo hacia la hija de su amigo.

Este deseo especial es conseguir que Susan esté bajo su dominación...

Última prueba (Dominación Erótica) es una novela de fuerte contenido erótico BDSM y, a su vez, una nueva novela perteneciente a la colección Dominación Erótica, una serie de novelas de alto contenido BDSM romántico y erótico.

También es la octava parte de la nueva serie, Dominando a Susan, donde se relatan las aventuras de Susan, alter ego de la escritora, en su faceta de sumisión.

(Todos los personajes tienen 18 años o más)

Nota sobre la autora:

Erika Sanders es una conocida escritora a nivel internacional, traducida a más de veinte idiomas, que firma sus escritos más eróticos, alejados de su prosa habitual, con su nombre de soltera.

Índice:

DOMINANDO A SUSAN
ÚLTIMA PRUEBA
(DOMINACIÓN ERÓTICA)
ERIKA SANDERS

PREGUNTAS Y RESPUESTAS

Susan se estiraba, rodando en la gran cama.

La había despertado mientras se duchaba.

Era temprano, pero todavía tenía que regresar a su departamento y empacar antes del largo viaje a su ciudad natal y la fiesta de aniversario de sus padres.

Había sido una noche agotadora, su Maestro parecía tener una energía ilimitada.

Aunque él le permitía descansar un poco, constantemente la había estado excitando de nuevo para animar a su mente y a su cuerpo con una combinación única de placer y dolor al que la sometió.

Había perdido la cuenta de la cantidad de orgasmos que sacudieron su cuerpo antes de que finalmente se quedara agotada y él le permitiera dormir.

Le dolían todos los músculos mientras continuaba estirándose escuchando el sonido de la ducha en la habitación contigua.

Incapaz de contenerse por más tiempo, se levantó de la cama para buscar un segundo baño y aliviar la urgente necesidad de orinar.

Caminando suavemente hacia el salón, miró a su alrededor y notó las grandes sillas, una de las cuales había sido donde se había inclinado y había sido tomada por él por primera vez la noche anterior.

Observó los desechos tirados por el suelo, su ropa, cuerdas de diferentes longitudes y una variedad de juguetes y artefactos que había sentido en lugar de ver durante la larga noche.

Levantó su camisa del piso y se la puso, encontrándose con la cocina y dos armarios grandes antes de finalmente ubicar otro baño en un pequeño pasillo fuera de la habitación principal.

Se miró al espejo mientras se lavaba las manos y la cara preguntándose por la transformación que le había sucedido en solo una semana.

Líneas débiles marcaban sus senos y muslos y estaba segura de que su trasero era una red de líneas con parches cruzados, aunque no podía torcerse lo suficiente como para ver la extensión completa de las marcas que le había dejado su Maestro.

Pasándose los dedos por el pelo, trató de domar los rizos rebeldes atándoselos en un nudo detrás de la cabeza.

Al salir del baño regresó a la habitación principal.

No tenía idea de lo que se esperaba de ella aquí en este lugar.

Todas sus reglas de maestría se habían centrado en la oficina y el trabajo, por lo que comenzó a recoger sus cosas desechadas de la noche anterior.

Al darse cuenta de que no sabía a dónde pertenecía todo lo demás, apiló el resto cuidadosamente sobre la mesa.

Al encontrar su teléfono, lo encendió y revisó los mensajes mientras se dirigía a la cocina.

Una cocina muy bien equipada.

Al abrir el refrigerador, lo encontró sorprendentemente bien abastecido y tomando un poco de jugo cerró la puerta.

Susan buscó un vaso mientras seguía escuchando un mensaje de su madre en su modo reina del drama.

Toda su confusión y dudas comenzaron a volver a su mente cuando el mensaje terminó y seleccionó el siguiente.

Era de su madre nuevamente, aún dramática pero infinitamente más feliz, mientras hablaba de una compañía de catering que llegaba a las seis de la mañana para instalar unas carpas y la iluminación.

Susan tomó un sorbo de su jugo dándose cuenta de que tendría que enfrentarse a sus padres hoy con el hombre que ahora llamaba Maestro.

Se preguntó, si la culpa y la vergüenza la invadirían nuevamente, si viera a su esposa allí.

Susan sabía que no vivían juntos como un matrimonio, pero todavía estaban casados.

"Cómo terminé así, en este mundo secreto de adulterio y esclavitud." Se susurró para sí misma.

"Soy una chica inteligente, tengo un título universitario y no creía que fuera ingenua, bueno, no hasta esta semana". Su mente vagó hacia atrás durante la semana y todo lo que había sucedido.

Las visiones de la noche anterior, el club y el uso duro que le dio después de estar allí, reemplazaron sus preocupaciones momentáneamente.

Mientras, los recuerdos llenaban su cuerpo de calor y deseo y diferentes preguntas ahora llenaban su mente.

"¿Todo terminaría después de la semana? ¿Es eso lo que ella quería? ¿Es lo que él quería?"

Se sentó en el mostrador sorbiendo su jugo y pasó al siguiente mensaje del teléfono.

Sus ojos se abrieron de sorpresa al escuchar la voz de Harry.

Apenas había pensado en él esta semana y la culpa se apoderó de ella nuevamente como una losa al escuchar su voz en un tono medio infantil disculpándose por olvidarse de la fiesta de sus padres y que él podría regresar hoy temprano y llevarla a la fiesta si ella quería.

"Oh, cariño", pensó, "¡No! Eso sería romper las reglas del Maestro".

Su propio pensamiento la sorprendió, las reglas se habían convertido en parte de su mundo y no podía entender por qué sus primeros pensamientos eran preocuparse por desobedecer las reglas del Maestro y por no volver a ver a Harry.

El pensamiento sacudió su precario control sobre su propia realidad y escuchó otros dos mensajes de amigos antes de regresar al mensaje de Harry y escucharlo una vez más, tratando de decidir si responder o no.

Se estaba mordiendo el labio y sostenía el teléfono en la mano mirándolo con una expresión pensativa cuando sintió su presencia y al levantar la vista, saltó culpable cuando lo vio apoyado en el marco de la puerta mirándola.

"¿Qué estás haciendo pequeña?" él le sonrió al ver su rostro enrojecido.

"Solo estoy revisando los mensajes que me perdí anoche, Maestro", tartamudeó.

"Oh, y ¿cómo está tu madre esta hermosa mañana? Deberías volver a llamarla y dejar que te cuente todo el drama".

"Me dejó más de un mensaje, creo que estoy al día".

"Obviamente ella necesita hablar contigo Susy, llama a tu madre".

Su voz se volvió autoritaria y ella buscó en su teléfono para encontrar el número.

"Sí, Maestro", murmuró y apretó el botón de marcar.

Susan apenas presta atención a su madre desde que comenzó a hablar y observaba a su Maestro moverse con facilidad por la cocina mientras él se preparaba un café solo y una tostada que espolvoreó con canela en polvo y azúcar.

Llevó el vaso de ella y su bebida y comida a la mesa pequeña en dos viajes, mientras ella observaba su físico solo medio escuchando a su madre.

Usando solo jeans azules, su bronceada piel verde oliva lo hacía parecer más musculoso y más joven de lo que ella había pensado.

Obviamente se cuidaba a sí mismo y, a diferencia de otros hombres de su edad, no tenía barriga y ni siquiera un toque canas.

Ella trató de recordar cuándo había sido su último cumpleaños.

"Él es el amigo de su padre, no podía ser mucho más joven, ¿verdad?" Reflexionó mientras su madre comenzaba con otra diatriba en su oído.

Volvió a ella tomándola de la mano y llevándola a la mesa y guiándola a arrodillarse junto a su silla.

Tan elegante como pudo mientras sostenía el teléfono en la oreja, se arrodilló frente a él y él movió su silla para colocarla entre la mesa y ella.

Sintiendo su dominio y el conflicto de emociones que lo acompañaba, reclamó una visita al baño como una excusa para detener los histriónicos de su madre y colgó.

Ajustando aún más las rodillas con su pie, se inclinó para tirar de la camisa que ella se había puesto antes, exponiendo su cuerpo a sus ojos.

"¿Todo bien en casa, pequeña?" sonrió mientras arrancaba una esquina de la tostada y se la daba.

Puso los ojos en blanco antes de fijarlos en la comida y tragarse el bocado.

Respondió:

"Conoces a mi madre, le encanta ser el centro del drama como una reina dramática, ¿sabías que se había organizado el servicio de una empresa de catering?" Él sonrió y asintió con la cabeza. "Bueno, ahora todo su drama se centra en que hay personas extrañas en su casa, especialmente personas extrañas en su cocina". Se detuvo y se rió. "Incluso a mí no me permite cocinar allí sin su supervisión".

Robert se echó a reír al imaginar a la pequeña mujer de ascendencia italiana empuñando un rodillo contra las personas que están invadiendo su cocina.

"Pobre Paul", pensó mientras expresaba su siguiente pensamiento:

"Tu padre podrá manejarlo hasta que llegues allí, no te preocupes, pequeña".

Le dio otro bocado y le pasó la mano por la garganta hasta el hombro.

"Eres tan hermosa mi Susy".

Ella tragó saliva y comenzó a morderse el labio y, como solía hacerlo cuando estaba preocupada, la angustia se volcó sobre ella y sus pensamientos se volvieron oscuros y ansiosos.

"¿Qué pasa, mi Susy?"

Se mordió el labio más pensando en todas las cosas que estaban mal y las preguntas que la atormentaban.

La fiesta era esta noche, había cosas que tenía que preguntar y se reprendió a sí misma por preocuparse por disgustarlo.

Todo podría haber terminado después del fin de semana por lo que ella sabía.

Respiró hondo y comenzó:

"Esta noche estaremos en la casa y la fiesta de mis padres. Simplemente no puedo arrodillarme a tus órdenes allí, no lo entenderían. No creo que lo entienda yo tampoco, quiero decir que quiero complacerte, de verdad, pero no podría hacer eso y dijiste que la semana no habrá terminado hasta el lunes ".

Se detuvo para respirar y se mordió el labio mientras lo miraba.

"Mi dulce esclava, nadie necesita saber lo que hemos hecho esta semana y que no deseamos que se sepa. Eres mía y actuarás en consecuencia, estoy seguro. Confía en mí, nunca te pondría en peligro a ti ni a tu reputación, pero lo harás lo que te pida. Soy tu Amo y tu hermosa chica eres ahora mi esclava ".

Ella parpadeó tratando de darle sentido a sus palabras, la confusión clara en su rostro.

"Pero ..." comenzó ella.

"Susy". Dijo él con voz exigente: "Debes confiar en mí. Aquí, en la oficina y entre las personas en este 'estilo de vida', actuarás con toda la enseñanza que has tenido esta semana". Hizo una pausa: "Con la familia y los amigos y aquellos que tú señalaste tan acertadamente que no lo entenderían, habrá diferentes reglas que van desde una asistente personal dedicada hasta una amiga deferente".

Su voz era autoritaria y ella asintió sin siquiera pensarlo, pero continuó mordiéndose el labio mientras su mente daba vueltas a sus palabras.

El silencio se alargó mientras pensaba e intentaba darle sentido a su situación.

"Susy háblame". Él lo incitó.

"¿Estará tu esposa allí?" Ella murmuró, un rubor hirviendo llenó su rostro.

"Sí, igual que yo. Ya lo sabes".

"Yo ..." Se mordió el labio, "Lo que quiero decir es, ¿cómo la enfrentaré después de lo que hemos hecho esta semana? Me has hecho tu esclava, tu amante, por así decirlo".

La vergüenza y la culpa llenaron su rostro de oscuros sonrojos.

"Te has dado cuenta de que no hemos vivido juntos durante años, incluso deberías haberlo sabido antes. Nos casamos porque nuestras familias lo querían, la misma razón por la que tuvimos un hijo. Somos amigos, nada más y nada menos. Disfruto de los placeres más finos de BDSM y mi querida esposa tiene sus propios placeres. Nos respetamos mutuamente en un área en la que no nos involucramos en la parte del otro, digamos. Esto no es algo de lo que debas preocuparte ".

Susan estaba sorprendida.

Todo este tiempo pretendiendo estar felizmente casados fue toda una fachada, ¿por qué entonces preocuparse?

La situación ya no era tan crítica.

Pensó en sus padres y en la educación mediterránea que había tenido su madre y se dio cuenta de qué tipo de barreras habría tenido ella, pero seguramente ya no.

Se sentó mordiéndose el labio y pensando en decir algo cuando él le ofreció otro trozo de tostada con azúcar y canela.

"Por qué permanecer casados si ese tipo de respeto ya no es relevante".

"No es tu lugar cuestionar lo que hago, solo confía en que sé lo que es mejor y obedéceme, Susy".

Había un filo en su voz y ella puso los ojos muy abiertos al darse cuenta de cómo habría sonado lo que acababa de decir.

Ella abrió la boca para disculparse.

Él la miró un poco con desprecio mientras ella asimilaba sus palabras, su educación conservadora le había dado una visión muy limitada del mundo y su necesidad de dominio estaba en guerra con lo que había sido educada para creer que era correcto.

Podía ver su estremecimiento ante su tono al darse cuenta de su error, así que continuó:

"Nunca he visto la necesidad de divorciarme, vivo mi propia vida. Cómo quiero, y con quién quiero. El vínculo entre un Amo y su esclava es mucho más fuerte que un trozo de papel declarándote casado o divorciado ".

Se mordió el labio nerviosamente por el tono duro de su voz y bajó la mirada.

"Mi dulce y pequeña Susy", comenzó. "Te adoro, te necesito, quiero cuidarte, protegerte, darte placer como nunca antes lo has tenido. Deseo que aceptes quién eres, una chica a la que le gustan las reglas y el orden, el dolor y el placer y una chica que necesita un Maestro ". Él ahuecó su barbilla haciendo que lo mirara, "No está mal ser sincera contigo misma, entiendo tus preocupaciones sobre este fin de semana, pero no te equivoques, no toleraré la petulancia infantil ni que se cuestionen mis decisiones. Debes confiar en esto: Sé quién eres y qué eres mi esclava y yo actuaré en consecuencia ".

Se había chupado el labio inferior y lo estaba mordiendo de nuevo antes de que él terminara.

Empujando la camisa que aún llevaba sobre los hombros y los brazos, él simplemente dijo "Las manos" y ella levantó las manos hacia él.

Extendió la mano sobre la mesa para recoger una cuerda del montón que ella había colocado allí antes.

Se las ató con fuerza en nudos intrincados antes de extender y envolver una mano alrededor de su garganta para ponerla de pie mientras él se levantaba.

"Soy tu Maestro, no solo porque te quiero, sino porque me necesitas".

Haciendo que retrocediera hasta la entrada del pequeño corredor que conducía al baño, le levantó las manos y pasó el extremo de la cuerda a través de un ojal inteligentemente oculto en el vértice del arco.

Él acarició su rostro mientras ella lo miraba, y se inclinó para besarla profundamente, sus dedos se burlaron de sus pezones antes de alejarse abruptamente y azotar la suave piel de la teta dejando su huella de mano brillando en su piel.

"Confiarás en mí, mi esclava". él volvió a azotarle los senos. "Aceptarás que tengo razones para todo lo que hago". Sus manos seguían calentando su carne enviando oleadas de dolor hacia ella, "No volverás a cuestionar mis decisiones".

Él se apartó de ella mientras una lágrima caía sobre su mejilla.

"Podemos hablar y hablaremos, por supuesto". Él dijo: "Te animo a buscar información, pero NO criticarás mis decisiones al cuestionar mi relevancia para los demás. Pensé que dejé en claro anoche que tu única preocupación es complacerme. Lo que otros hagan o no piensen de estos asuntos no nos importa ni una pizca ".

Abrió un pequeño armario cerca de donde ella colgaba, movió varias cajas que estaban al frente y sacó un vibrador con forma de mariposa.

Envolviendo el elástico rápidamente alrededor de sus muslos, lo presionó con fuerza entre los pliegues de su coño para que se alojara contra su clítoris antes de encenderlo.

El zumbido de la mariposa la hizo gemir y saltar cuando él la encendió en la posición más alta y regresó al armario.

Ella estaba temblando de sensaciones cuando él le esposó los tobillos en cuero suave.

Luego los unió a una pequeña barra separadora que le sujetaron las piernas para presionar con fuerza la mariposa contra su clítoris hinchado haciéndola gemir y tirar de sus ataduras.

"Una pequeña zorra tan caliente". Murmuró mientras movía los dedos hacia su agujero mojado y lo abría con dos de sus dedos.

Podía sentir sus músculos apretarse mientras los movía lentamente dentro y fuera de ella.

Ella estaba jadeando nerviosa cuando él de repente retiró los dedos y susurró:

"Todavía no, mi puta necesitada".

Al mirar dentro del armario, consideró el contenido.

Tenía que tener cuidado al marcarla, ya que el traje que había elegido para ella esta noche sería bastante revelador.

Volviéndose de nuevo hacia ella, le colocó unas pinzas en sus pezones, sabiendo que al principio ella sentiría poco hasta que él las apretara.

Él le explicó, mientras las apretaba y sus gemidos crecían, lo que estaba haciendo y cómo las abrazaderas de los pezones se podían ajustar para diferentes necesidades.

Su cuerpo temblaba y un fino brillo de transpiración comenzaba a mostrarse cuando sintió largos zarcillos de dolor aumentar lentamente y fluir hacia sus senos y unirse a los placeres emocionantes que asaltan su clítoris.

Dando un paso detrás de ella, acarició su firme trasero redondo.

No podía esperar hasta que la hubiera entrenado lo suficiente como para tomar ese estrecho agujero tan tentador.

Puede que hoy a ella le fuera bien con el tapón más pequeño para que le abriera un poco el tamaño.

Él sonrió escuchando sus gemidos jadeando.

Sacó un pequeño látigo de ante suave de su bolsillo trasero.

Él se inclinó hacia su oído murmurando:

"Sabes por qué estás siendo castigada, pequeña. Debes confiar en mí".

Su voz era casi un gruñido cuando dijo lo último.

Retrocediendo un poco, comenzó a mover el brazo en un movimiento tal que los ocho brazos del látigo cruzaron la parte baja de la espalda y el culo.

Azotando suavemente al principio, pero con más fuerza con cada rotación de su brazo.

Su piel se volvía de blanca a rosa y de rosa a roja mientras le gritaba:

"Necesitas esto, pequeña zorra. Necesitas un Maestro que te conozca. Que sepa cómo castigarte, cómo usarte, cómo brindarte placer y dolor y cómo hacer que te corras intensamente".

Dejó de azotarla, metió dos dedos en su coño y ella aulló de necesidad.

"Por favor Maestro, sí. Por favor, tengo que correrme ya". Sus caderas me movían frotándose en su mano. "Lo necesito, lo quiero, por favor Maestro".

"Sí, mi pequeña zorra necesitada. Córrete para tu Amo, MI esclava. Córrete ahora y muéstrale a tu Amo lo feliz que te hace correrte para mí".

Sus dedos bombearon dentro y fuera de ella mientras ella gemía y se sacudía contra sus ataduras.

Su coño se aferraba a sus dedos mientras ella chorreaba sobre su mano.

Alcanzando con la otra mano a su alrededor, quitó las abrazaderas del pezón, deleitándose con su gemido de dolor.

Apartando las abrazaderas antes de tirar del nudo corredizo que sostenía sus manos en su lugar, la atrapó mientras ella sacudía su cuerpo debido al anhelado orgasmo, levantándola y llevándola a la mesa.

Inclinándola sobre la mesa, miró su trasero enrojecido y sus muslos mojados mientras rápidamente se quitaba los jeans.

Entró en ella rápidamente sin dudarlo y comenzó a joderla profundamente.

Extendió sus manos sobre sus nalgas enrojecidas y sus dedos, pegajosos por sus jugos, los pasaba por fuera de su culo.

Lentamente fue metiendo un dedo en el agujero apretado.

Ella estaba gimiendo y jadeando mientras él empujaba con fuertes penetraciones duramente contra ella, meciendo su cuerpo pesadamente contra la mesa.

Su dedo siguiendo ondeando profundamente en su trasero.

Él le gritó:

"¿Quién te posee esclava?"

Ella gritó con voz ronca:

"Tú, tú me posees". Ella balbuceó gimiendo cuando él la volvió a penetrar duramente, "Tú te dominas".

"Vamos, vuelve a correrte, MI puta, córrete de nuevo por tu Amo".

Extendió su mano libre para agarrarle el pelo y le levantó la cabeza mientras ella chillaba en voz alta con su segundo orgasmo haciendo eco de su rugido profundo mientras él la llenaba con su propio esperma.

Él se derrumbó sobre ella con respiración pesada y permaneció así por un tiempo mientras sentía como el cuerpo de ella se sacudía lentamente debajo de él debido a su orgasmo.

Quitando su peso de ella, le desabrochó las cuerdas de las manos antes de finalmente salir de ella y agacharse para soltarle los tobillos.

Levantando y acariciando suavemente el cabello de su cara, murmuró:

"Buena chica".

La llevó al baño y le abrió la ducha antes de dejarla para que se limpiara.

Ella se condujo hasta la ducha con las piernas temblorosas y se sentó en el borde dejando que el agua se derramara sobre ella durante unos minutos mientras se recuperaba.

"Le daba orgasmos alucinantes, ¿era solo por el dolor? ¿Era la forma en que controlaba su mente y su cuerpo? ¿Le estaba dando lo que quería, complaciéndolo?" Ella pensaba mientras el agua caía por sus piernas.

Ella solo sabía que él hacía que su mente volara cada vez y que ella terminaba con este tembloroso hormigueo y flotando en una nube de felicidad orgásmica.

Se puso de pie y se lavó dejando que sus dedos permanecieran sobre sus doloridos pezones y culo mientras consideraba lo que él había dicho.

Enfrentarse a su familia y amigos después de la semana que había tenido, en el mejor de los casos sería difícil, especialmente con su Maestro allí.

Simplemente no lo entenderían, ella misma no lo entendería si todo se redujera a eso.

La preocupación la corroía, sabía que ir a casa este fin de semana era una mala idea.

Cuando salió del baño, el apartamento estaba limpio y su Amo, vestido casualmente con jeans y una camisa de algodón, estaba sentado leyendo el periódico y esperándola.

"Necesitamos ir a buscarte algo de ropa y empacar una bolsa para el fin de semana. Solo ponte el abrigo y los zapatos de anoche. Mi conductor está abajo esperándonos".

Ella jadeó y él levantó la ceja hacia ella como si la desafiara a cuestionar sus instrucciones.

Al darse cuenta de que había pocas opciones, fue mansamente a buscar el abrigo que colgaba sobre el respaldo de una silla y se puso los zapatos de tacón alto.

Atándose el abrigo firmemente en su cintura, ella levantó la vista cuando él recogió algunas cosas de último momento y le entregó su teléfono antes de abrir la puerta del vestíbulo.

Mientras esperaba el ascensor, preguntó en voz baja:

"¿Son amables los vecinos? ¿Nos habrán escuchado, bueno, esta mañana y anoche?"

Ella miró significativamente las otras puertas del vestíbulo.

Él se rió entre dientes mientras ella se sonrojaba:

"Mi compañía es propietaria de estos apartamentos, para clientes selectos que nos visitan desde otros estados o desde el extranjero. Y son mucho más agradables que los hoteles, especialmente para los que tienen un estilo de vida como el nuestro. Barry y Cinthia se quedaron aquí el miércoles por la noche".

"Oh." Dijo ella un poco demasiado sin aliento, con los ojos muy abiertos.

LA ÚLTIMA PRUEBA

Llegó el elevador y el corto viaje hacia el auto se hizo en silencio, pero él había colocado su mano posesivamente alrededor de la nuca como lo había hecho la noche anterior mientras caminaban por el edificio hasta la salida.

Sabiendo ahora qué este edificio era de él, descubrió que eso la tranquilizaba.

El conductor le sonrió, ella había estado en su auto varias veces y se dio cuenta de su gran lealtad hacia su Maestro.

"¿Adónde vamos primero, jefe?" preguntó jovialmente.

"Al departamento de Susan, está un poco ansiosa por lo que hay debajo de ese abrigo, aunque en mi opinión es impresionante".

El auto se incorporó en el tráfico mientras el conductor continuaba:

"Estoy seguro de que Susan se vería absolutamente hermosa en un saco si eso es todo lo que tuviera para ponerse".

Susan se sonrojó profundamente y se removió en el asiento susurrando:

"Si eso es todo ..."

Robert se echó a reír y se inclinó hacia ella.

"Desabróchate el abrigo, Susy". Dudando, levantó la vista con los ojos muy abiertos. "Lo que quiero, cuando quiero, cómo quiero, pequeña esclava".

Sin otra opción, ella alzó unas manos dubitativas hacia los botones de su abrigo y él la abrazó cuando comenzó a abrírselo.

"No hay necesidad de ser modesta, las ventanas están tintadas, Susy", abrió el abrigo exponiéndola completamente antes de dirigirse nuevamente al conductor, "Estoy a punto de alegrarte el día, amigo, ¡solo mira lo impresionante que es realmente mi esclava!"

El conductor ajustó el espejo retrovisor y silbó:

"Simplemente asombrosa Robert, felicidades, apuesto a que ella también se deja marcar muy bien".

Susan se sorprendió y abrió de golpe la boca mientras la conversación continuaba.

"Oh, sí, usé un azotador con ella esta mañana, y dio muy buenos resultados si lo puedo decir yo mismo".

Robert le bajó la cabeza hacia su regazo y le dio una cachetada en el muslo y en el trasero.

Ella se encogió y se sonrojó aún más por el calor que le vino a la cara cuando le levantó el abrigo para revelar su culo todavía marcado.

"Mira amigo que lindas marcas"

"Joder, Robert, estoy tratando de conducir aquí".

Robert golpeó de nuevo su trasero con fuerza, haciéndola gemir en su regazo mientras se reía con el conductor.

"Esta es mía ahora, y sin duda verás más de ella".

La dejó en esa posición durante unos minutos más antes de soltarle la cabeza para que se pudiera incorporar.

Luego le dijo:

"Ahora puedes sentarte pequeña y abróchate de nuevo los botones del abrigo porque estamos casi en tu apartamento".

Ella se sentó con su cara totalmente escarlata por la emoción que había sentido.

Ser expuesta así le había dejado sensaciones muy encontradas, pero se dio cuenta que se había mojado en la entrepierna.

Sus dedos temblaban mientras rehacía los botones y ataba el abrigo firmemente en su lugar.

Varias veces durante la semana la había expuesto a otros, pero parecía diferente en la oficina.

Ella cerró los ojos tratando de entender lo que había dicho:

"¿Más de ella? Pero la semana estaba casi terminada, y él estaba actuando como si la fuera a mantener como su esclava por mucho más tiempo ". Su mente se tambaleó al darse cuenta de que no era la primera vez que él había insinuado algo parecido.

El auto se detuvo y ella abrió los ojos para ver su bloque de apartamentos.

Fue a alcanzar la manija hasta que él la detuvo a mitad de camino.

"Espera hasta que la puerta se abra para ti, Susy".

"Si señor."

El conductor salió para abrir su puerta y la miró con lujuria mientras ella bajaba del auto, su mano deslizándose desde la parte baja de su espalda hacia su trasero mientras la ayudaba a pararse en la acera.

Mientras esperaba a su Amo en la puerta, se retorció nerviosamente deseando estar adentro.

Mientras, él hablaba en voz baja con el conductor antes de unirse a ella para caminar hasta el pequeño departamento que sus padres le habían alquilado.

Una vez dentro del departamento, suspiró aliviada y entró en su habitación para agarrar su bolso de noche y comenzar a empacar.

Robert la seguía de cerca abriendo los armarios y rebuscando en el interior.

"Bah", negó con la cabeza, "Realmente debemos conseguirte algo de ropa nueva", dijo sacando un vestido corto y ligero, que arrojó sobre la cama, "Eso tendrá que servir por ahora. Iremos a la oficina cuando nos recoja mi auto y conseguiremos otra ropa más adecuada para empacar ".

Había comenzado a buscar en sus cajones:

"Los jeans son solo para guardar a partir de ahora. Siempre usarás faldas o vestidos a menos que te indique lo contrario".

"Ahí está con eso de nuevo". Pensó y mientras se deslizaba el vestido sobre su cabeza, dijo las palabras que pensaba antes de que pudiera detenerlas, "Hasta el lunes ¿verdad?"

Se giró y avanzó hacia ella haciéndola encogerse por lo que acababa de decir.

No podía creer que había soltado esas palabras y deseó poder eliminarlas de inmediato,

"Quiero decir, hablamos de que esta semana sería tu esclava hasta el lunes como dijiste ... "ella no podía asegurar si él estaba enojado o no mientras lo miraba a los ojos y agregaba," ¿Maestro? "

Él ahuecó su barbilla entre sus dedos asegurándose de que ella lo mirara a los ojos.

"Eres mía Susy. Yo soy el que hace que tu cuerpo disfrute, quien te da lo que necesitas y lo que quieres. Tú, pequeña, eres la esclava que he estado esperando, obediente, preciosa y adorada". El la beso. "Y sabes ahora, después de ser mi esclava esta semana, qué es lo correcto para ti. Qué equivocado está ese novio débil y llorón contigo. Sabes que te tengo".

Podía ver las emociones jugando en su hermoso rostro mientras ella asimilaba sus palabras.

"Estoy tan orgulloso de que seas mía que no quiero dejarte ir el lunes ni en el corto plazo. Deseo mostrarle al mundo dentro de este estilo de vida lo que eres, la esclava perfecta. Deseo mostrarte más de ese mundo y el mundo en general y deseo que te vean más, mi dulce y pequeña esclava. Sin embargo, la decisión es la tuya. Si eliges irte el lunes no habrá segundas oportunidades. Me dejarás a mí, a la compañía y a tus nuevos amigos. Así es como debe ser ".

Estaba horrorizada ante la idea de no volver a verlo o no poder trabajar en la empresa nuevamente.

"¿Qué pasa si no puedo hacerlo? Hay mucho que aprender, saber, hacer. ¿Cómo sabré si puedo hacer todas las cosas que quieres que haga?" Su voz era apenas un susurro, "¿Qué pasa si te decepciono, te avergüenzo, lastimo tu reputación?"

"El hecho de que hagas esas preguntas, por encima de todas las demás ya dice mucho de ti". Él le sonrió ampliamente, "Te preocupas por complacerme y no te preocupas por ti misma. Eso me dice que eres la esclava perfecta que creo que eres. No te preocupes por decepcionarme, es mi deber como tu Maestro entrenarte para que no lo hagas. De eso se ha tratado esta semana. Has hecho todo lo que te pedí y más. No podría estar más contento. Ahora deja de hacer pucheros. La petulancia es impropia en una esclava y no lo permitiré ".

Ahora parecía sorprendida, su voz lo expresaba:

"Quiero complacerte. Me da tal gran sensación interior cuando dices que estás orgulloso o contento que no puedo describirlo adecuadamente, pero hay tantas cosas sobre la esclavitud que simplemente no entiendo. Y me preocupa que amigos o familiares si se enteraran. Simplemente no quiero decepcionar a nadie ".

Había intentado no sonar quejumbrosa, pero sabía que ella lo era y dejó de mirarlo.

"Nadie necesita saberlo a menos que forme parte del estilo de vida. Si finalmente decidimos decirle a alguien más que tenemos una relación más allá de la amistad, lo discutiremos antes".

Todo parecía tan razonable cuando lo decía así, pero ella llevaría una doble vida llena de secretos y mentiras, ¿cómo podría enfrentarse a sus padres con su Maestro delante y actuar normal?

Ella se mordió el labio, los dedos de él todavía sostenían su cabeza en su lugar.

"La esclavitud es mucho más que solo esta semana y quiero guiarte a explorarlo todo. Soy tu Maestro y me obedecerás en todas las cosas, pero también explorarás con otros si lo decido para que puedas aprender todo lo que hay para ofrecerte, para puedas saber qué es lo que te trae alegría y las cosas que aumentan tu capacidad de placer ".

Este no era el momento en que él había deseado tener esta conversación, podía ver que estaba asustada y su mente apenas absorbía sus palabras.

Continuó lentamente.

"Saber que mi control y dominio de ti es tan completo que me obedecerías en todo lo que te pidiera, eso llena el vacío de mi vida y completa mis mayores ambiciones. Serás mi tesoro más preciado Susy. Yo quiero cuidarte, cuidarte y amarte. Lo que pido a cambio es obediencia y devoción ".

Su mente estaba girando.

"¡Control completo!"

Su mente estaba desbocada.

"¿Qué pasa con mis amigos, la vida que tuve antes de esta semana?" Ella susurró.

"Oh, dulce Susy, por supuesto que tendrás algunas libertades siempre que acordemos quién, cuándo y dónde". Él sonrió, "Tendrás que decirle adiós a Harry, eso no es negociable, él nunca fue lo suficientemente bueno para ti. Con quién tengas intimidad es mi decisión ahora y me obedecerás".

"Si señor."

"No te obligaré a tomar tu decisión final ahora, sino que tendrás hasta el lunes para pensarlo como lo acordamos, pero hasta entonces eres de mi propiedad, adorada y atesorada. Confiarás en mí y me obedecerás, ¿entiendes?"

"Si señor."

Cogió la bolsa de dormir vacía y la tomó de la mano, la llevó a través del departamento y salió del edificio hacia el auto que esperaba, sorprendiendo al conductor que estaba dormitando y que se apresuró a abrir la puerta.

Casi en estado de shock por la velocidad con habían sucedido las cosas en su departamento, ella se dejó empujar dentro del auto.

Después Robert le dijo al conductor que los llevara a la compañía.

Subiendo a su lado cuando el conductor entró al auto, Robert miró a Susan pensativamente.

"Completa obediencia durante las próximas cuarenta y ocho horas como mínimo, no importa lo que te pida".

Él la iba a presionar aún más ahora que le había dicho lo que ella necesitaba saber y le había dado el derecho de elegir el lunes aceptar lo que significaría para ella darle el control que ansiaba.

Aunque no estaba seguro de poder aceptar su decisión si ella rechazaba ser su esclava.

"Si señor."

Se mordió el labio y tembló mientras se sentaba a mirar sus manos en su regazo.

Su mente daba vueltas, encogiéndose ante el pensamiento de que sus padres y amigos la vieran doblarse a su voluntad tan fácilmente.

"Eres mía, pequeña, eres una esclava natural, solo necesitas mirar dentro de ti para aceptar que es verdad".

Él extendió la mano y bajó las tiras del vestido por sus hombros para revelar sus senos mientras conducían.

Pellizcó los pezones mientras reflexionaba:

"¿Cómo te sientes con perforarlos?"

"Nunca lo había pensado antes de esta semana, Maestro. ¿Es algo que te gustaría?" Sus ojos estaban muy abiertos.

"Estoy indeciso. ¿Qué opinas, John?"

El conductor ajustó su espejo para mirarla de nuevo.

"Son muy hermosos tal y como los tiene, Robert, pero los piercings pueden ser muy agradables. Supongo que depende de si quieres mantener su dulce mirada inocente, lo que me atrae o si quieres mostrar otro lado de ella ".

Robert acarició su mejilla.

"Ella es dulce e inocente, mi amigo".

El viaje a la compañía parecía rápido en el tráfico menos agitado del fin de semana.

Cuando llegaron frente al edificio, Robert le dio a John las llaves de su propio auto y le dio instrucciones para que trasladar las maletas a su automóvil y que después se acercara a su oficina para devolverle las llaves de su auto.

A Susan le hizo sentirse extraña estar aquí el fin de semana mientras seguía a Robert a través de las oficinas hasta la suite del dormitorio donde se quedó a un lado.

Buscando en el armario él eligió tres conjuntos, dos para empacar y uno para reemplazar el vestido que llevaba puesto.

Eligió un camisón corto de estilo muñeca con un cordel.

Le aseguró que solo lo debería usar en la noche en su casa y que debería traérselo con ella cuando la acompañara para regresar el domingo por la tarde,

También sacó dos pares de zapatos.

Luego la envió al baño a recoger algunos cosméticos y cualquier otra cosa que ella necesitara de allí.

Ella le trajo las cosas que necesitaría, él cerró la bolsa y la llevó a la oficina principal.

"Antes de vestirte, necesitamos cuidar tu entrenamiento, esto debe hacerse todos los días si queremos tener buenos resultados".

Ella parecía desconcertada, pero lo siguió a su escritorio.

"Quítate el vestido".

Acababa de ponerse el vestido sobre la cabeza cuando el conductor entró con las llaves del auto de Robert.

"Toma asiento John, estaré contigo en un minuto. Esto no llevará mucho tiempo".

Ella se sonrojó profundamente y cerró los ojos cuando él la inclinó sobre su escritorio separando sus piernas ampliamente.

Sabía que John la estaba observando cuando sintió que su Maestro le separaba las nalgas y la sensación del goteo de un lubricante en su culo la hizo jadear.

Después sitio el tapón.

Este parecía diferente, no tan gomoso como el otro cuando lo hizo rodar sobre el lubricante antes de presionarlo contra su agujero.

Ella trató de respirar profundamente y relajarse cuando sintió que sus músculos cedían ante su fuerte empuje.

Un gemido escapó de sus labios cuando la parte más grande entró en ella y su esfínter se cerró alrededor del extremo cónico.

Al abrir los ojos se encontró con la mirada de los ojos oscuros de John.

Él la miraba atentamente por lo que esta situación algo humillante coloreó aún más su piel cuando el calor en su cuerpo deseoso de sexo la hizo brillar.

"Buena niña." Él golpeó su trasero. "Arrodíllate."

Tomó la cadena con campanas para los pezones de su escritorio.

Metió algo bruscamente cada uno de sus pezones a través de los bucles antes de apretarlos y tirar de la cadena.

Su gemido se convirtió en algo más fuerte cuando su mano golpeó el pecho haciendo que las campanas tintineen dulcemente.

"Quería que vieras esta cadena, John. Estoy pensando que no hay necesidad de perforar sus tetas turgentes todavía, ya que estas campanas son divertidas para jugar. Ve y muéstrale a John tus campanitas, pequeña".

"Si señor." Murmuró ella mientras el calor llenaba su rostro aún más y se acercó al conductor para pararse frente a él.

"Arrodíllate por favor, Susan". John dijo suavemente.

Ella se detuvo, cayendo de rodillas y le sonrió mientras él hablaba con Robert.

"Oh sí, tintinean muy bien y la mejoran sin duda. ¿Puedo?"

"Por supuesto", dijo Robert magnánimamente.

John extendió la mano y golpeó sus dos pechos suavemente haciendo sonar las campanas antes de tirar de los pezones para sacudirlos.

Susan se mordió el labio y sus brillantes ojos verdes lo miraron.

"Ella realmente es una belleza Robert, y te enorgullece que ella esté arrodillada aquí tan bien por mí".

Girando un poco la cabeza, pudo ver la amplia sonrisa en el rostro de su Maestro y sintió el aleteo de las cálidas mariposas llenándose en su vientre y pecho mientras él respondía:

"De hecho, mi amigo, estoy muy contento con su entrenamiento esta semana. Susan quiero que le des las gracias a John por toda su ayuda esta semana, recogiéndote y dejándote, así como la comida que organizó para ti ".

Ella volvió la cara hacia John, con respecto hacia él, ya que era un hombre mayor que supuso tendría unos sesenta o sesenta y cinco años.

Tenía un brillo en sus ojos oscuros, con una oscura piel, del color oliva de un asiático, que hacía que su sonrisa brillara mientras la miraba.

"Muchas gracias señor, su ayuda es muy apreciada".

John extendió la mano para acariciarle la mejilla y el cuello dejando que su mano bajara una vez más hacia su pecho mientras ella hablaba.

"De nada, linda Susan."

Ella se sonrojó y Robert sintió que su polla se endurecía al verla de rodillas ante su amigo.

Este poder y control era su afrodisíaco.

Ella se sometía voluntariamente al uso algo sádico de su cuerpo y a las demandas que le hacía en su vida.

Ahora él empujaría sus límites por última vez antes de llevarla de vuelta a su mundo vainilla por la noche.

Moviéndose para tomar asiento cerca de ellos, Robert le habló a Susan:

"Me gustaría que le chuparas la polla, Susan, como una recompensa por estar de guardia las veinticuatro horas del día esta semana. Lo has excitado terriblemente esta semana con tu cuerpecito tan caliente, así que se merece un poco de alivio por tu parte".

Ella jadeó, con los ojos muy abiertos cuando giró la cabeza para mirarlo notando el brillo en sus ojos y la peculiaridad de la expresión de su rostro.

Luego miró a John que le estaba sonriendo.

Incluso mientras su mente le gritaba "Esto no está bien, ¿cómo podría él querer que ella hiciera esto?", sus manos se movieron para desabrocharle los pantalones.

Sin embargo, John estaba ya ansioso y una vez que ella levantó las manos hacia él, se puso de pie y él mismo se desabrochó sus pantalones, dejándolos caer y pateándolos, revelando una polla enormemente dura y asombrosamente grande.

Ella parpadeó y tragó ruidosamente cuando él se sentó y abrió las piernas para que pudiera colocarse entre ellas.

Echó un último vistazo a su Amo y a la expresión de satisfacción en su rostro.

Él asintió levemente y ella se movió entre las piernas de John.

Arrodillándose, envolvió una pequeña mano alrededor de su miembro y rodó su lengua alrededor de la cabeza.

"Sin manos", él murmuró.

Ella obedientemente pasó sus manos detrás de su espalda ensanchando su boca para estirar sus labios sobre la amplitud de su miembro.

Su lengua revoloteó y giró mientras su boca se ajustaba al tamaño, sintió las manos de él enredarse en su cabello mientras comenzaba a mover su cabeza lentamente hacia arriba y hacia abajo, tomando más de él en su boca.

Sus manos se apretaron más mientras la guiaba al ritmo que le gustaba, porque a pesar de que su polla era ancha, no era demasiado larga y ella la podía tomar entera sin ahogarse por completo.

Sus náuseas y gorgoteos parecían estimularlo y él comenzó a empujar con las caderas mientras empujaba su boca hacia abajo.

No duró mucho y después de solo unos minutos más, gruñó ruidosamente mientras empujaba hacia ella bruscamente.

Ella gorgoteó y tragó levantando la cabeza lentamente mientras él soltaba su cabello asegurándose de que dejaba todo el semen en su boca.

Los ojos de Robert habían estado pendientes de ella después de ver que su indecisión se tornaba en resolución mientras lo obedecía.

"Joder", pensó para sí mismo, "Ella era la sumisa más increíblemente natural que haya conocido nunca y era suya".

Verla someterse a su voluntad y a los impulsos de su amigo lo habían puesto tan duro que era casi doloroso.

Así que cuando ella se echó hacia atrás, él extendió la mano y la atrajo hacia él por el pelo, haciéndola gemir deliciosamente.

Se desabrochó sus jeans, la levantó y la empaló con su polla.

"Mía" le gruñó al oído y ella tembló con el poder de la emoción y el calor en su voz.

Se levantó con ella empalada en él y caminó hacia la pared sujetándola contra ella mientras empujaba una y otra vez.

La follaba duramente contra la pared mientras ella envolvía sus piernas alrededor de sus caderas.

Ella gritaba con cada empuje y él tiraba de su cabeza hacia atrás por su cabello, haciéndola mirarlo mientras él ordenaba:

"Córrete pequeña zorra".

Ella gritó al correrse por lo que parecía la centésima vez en las últimas veinticuatro horas.

Le había llevado una semana de dolor y castigo finalmente follarla y desde que había comenzado anoche parecía que nunca se detendría.

Su coño palpitante había sido follado y llenado de semen una vez más al reclamarla como suya.

Él era propietario de su cuerpo y ella se dio cuenta de que su mente obedecía de forma natural cada una de sus órdenes.

Caminando lentamente de regreso a una silla mientras la sostenía empalada con su polla que ya se ablandaba, Robert se recostó en la silla acunándola en su regazo y respirando pesadamente.

La voz de John atravesó su cerebro empañado de sexo aturdido mientras hablaba:

"Ella es una joya, Robert. Mejor ponle un collar en el cuello rápido antes de que alguien te la robe. Necesito revisar el auto para ver si tengo alguno de repuesto ahí abajo".

Robert se echó a reír abrazándola.

"Esta chica es mía". Continuó después de un momento "Nos vamos tan pronto como nos vistamos y no volveremos hasta el domingo por la noche, así que tómate lo que queda de fin de semana libre. Te llamaré si te necesitamos el lunes".

Al mirar hacia arriba, vio que John ya estaba vestido y él le sonría.

"Gracias por el bono Robert, con bonos como ese seré el chófer personal de Susan si me lo permites".

Mientras los hombres se reían entre dientes, Susan se sonrojó.

John se despidió de ellos deseándoles un feliz y buen fin de semana.

Una vez que estuvieron solos, Robert se volvió hacia Susan:

"Me has hecho muy feliz, no podría estar más orgulloso de ti. Has demostrado que tu obediencia es real hoy. Sin juegos, sin excusas, solo confianza y el deseo de complacerme. Estoy muy contento, pequeña. Más que contento, estoy extasiado ".

Ella le sonrió mientras cálidas mariposas bailando llenaban su vientre.

"Gracias Maestro".

Bajándola al suelo, le pidió que se arrodillara y tomara unos minutos para pensar en lo que le dijo en su departamento.

Él la dejó, fue al baño y ella se mordió el labio.

"Había dicho que la decisión era suya el lunes. Él quería mantenerla como su esclava, pero si ella decía que no, eso significaría perder su trabajo también".

Su mente viajaba alrededor de su tiempo en la compañía y pudo ver que ahora él la había estado predisponiendo poco a poco, volviéndose más íntimo en sus conversaciones casi naturalmente hablando de amigos, novios y sexo.

La había atrapado a propósito hace cinco días, chantajeándola para que comenzara por este camino hacia la esclavitud.

"¿Realmente habían sido solo cinco días? Ahora se sentía como mucho más tiempo la verdad", reflexionó.

Respiró hondo, todo parecía haber sucedido tan rápido después de ese primer día en el que parecía estar constantemente castigada por decepcionarlo constantemente.

Entonces había ansiado su placer y fue difícil disfrutar de las pocas veces que él le sonrió.

"Podía ver que él estaba usando su necesidad natural de aprobación contra ella, odiaba decepcionar a cualquiera".

Finalmente se dio cuenta de que toda esta semana tenía un propósito.

Se había visto obligada a aceptar los roles que le asignó a medida que avanzaba la semana y seguía organizando reuniones con Maestros y chicas para hacerla ver que la esclavitud no era un concepto tabú extraño y que la gente vivía bastante feliz dentro de ese estilo de vida.

Había iniciado la amistad que ella sentía con Anne y luego la alentó.

Perdida en sus pensamientos, no lo vio reaparecer vestido y observándola atentamente.

Al levantarla de su posición de rodillas, la besó.

"Te adoro mi Susy, ahora ve a limpiarte y ponte el atuendo que te dejé en la cama".

"Sí, Maestro".

Ella se apresuró a ir al baño y se lavó rápidamente.

No había usado maquillaje hoy y la mayoría ya estaba empacado, así que se cepilló los rizos y se ató el cabello en una coleta antes de dirigirse a la habitación.

Colocándose el vestido que había dejado para ella, se miró en el espejo.

Aunque no era muy diferente del vestido desechado que había usado en su departamento, en comparación era una tela mejor y parecía cortado para resaltar sus curvas naturales donde el otro colgaba más como un saco suelto.

Cuando se sentó para ponerse los zapatos, se dio cuenta de que no había decidido esta semana qué ropa usaría para sí misma en ningún momento.

En realidad, no había tomado ninguna decisión por sí misma, ni siquiera la comida que comió y que él le había suministrado de varias maneras.

Ella salió de la habitación y él le sonrió.

"Te ves encantadora, cada centímetro de ti es de la dulce y cariñosa chica que tus padres esperan. Nos hemos distraído esta mañana demasiado tiempo y necesitamos irnos, pero deseo darte algo antes, así que arrodíllate conmigo."

Tomó una caja de terciopelo de su escritorio y la abrió girándola hacia ella.

Una cadena de oro rosado estaba acurrucada en su interior.

Era corta y bellamente elaborada con eslabones retorcidos, pero lo que la dejó sin aliento fue un hada muy detallada que reconoció estaba de una manera extraña colgando de la cadena en el mismo oro rosa.

El hada parecía estar flotando allí, al final de la cadena, levantando las manos mientras sostenía una esmeralda verde brillante.

Ella se quedó sin palabras y se lo quedó mirando cuando él la sacó del estuche y la colocó cuidadosamente alrededor de su garganta sujetándola en su lugar.

Era un ajuste ceñido como si estuviera hecho especialmente para ella y sus dedos se movieron hacia el hada sintiendo su delicada complejidad.

"Es muy hermosa." Ella respiró después de haber aguantado la respiración un rato. "Muchas gracias Maestro".

"Eres tú quien es la hermosa, mi pequeña". Él acarició su mejilla y le sonrió mostrando su contento. "Ahora debemos irnos antes de que se me ocurran otros usos para ti".

Se pusieron de pie, tomó su bolso y las llaves mientras le indicaba que tomara un maletín más pequeño e indescriptible y bajaron a su auto.

En el ascensor, el teléfono de ella sonó.

Él miró y se lo pasó y ella vio que era su madre.

"Tómalo." Robert dijo: "Así me ahorrará una llamada para avisarles que vamos a llegar tarde".

"Hola mamá", respondió a su llamada y su madre inmediatamente se lanzó a una diatriba sobre el estúpido personal de catering y los jardineros.

Susan le daba la razón y murmuraba en todos los momentos correctos.

Mientras, ya se había metido dentro del coche, y Robert conducía de salida de la ciudad hacia la autopista.

"¿Mi disfraz? No, no elegí el que estaba pensando". Susan lanzó una mirada de pánico a su Maestro.

"Dile que es una sorpresa". El murmuró. "Pídele que vaya a la ciudad por ti y que consiga un poco de confeti brillante que irá bien con tu disfraz. Así le darás algo que hacer en lugar de que esté acosando a los organizadores de la fiesta".

"En realidad mamá, ¿recuerdas esa pequeña tienda de especialidades allá arriba en la colina? Planeaba parar allí y conseguir un poco de brillante pintura corporal o algo de confeti en el camino a casa, para acompañar con mi disfraz. Pero como ahora llegamos un poco tarde, ¿podrías acércate por allí y conseguírmelo, por favor? Así llegaría a casa antes, si pudieras hacerme el favor ".

"Qué buena idea", respondió su madre. "¡Claro, así yo también podría conseguirme algo!"

Su madre habló sobre sus maravillosos disfraces y lo tonto que se veía su padre en el suyo.

Siguió hablando durante media hora más acerca de los invitados y las personas que no podían venir.

"Mamá, creo que estamos entrando en un punto sin cobertura ya que al teléfono se le está yendo la señal".

"Está bien, cariño. Y dile a Robert que conduzca de manera segura. Te veo en un par de horas, estoy ansiosa por verte. Me parece una eternidad desde que te fuiste de casa".

"Yo también tengo ganas de verte, mamá, hasta pronto".

Susan colgó sonriendo.

Su madre era lo que algunas personas llamarían muy segura de sí misma, pero estaba ansiosa por verla.

Se relajó en el suave asiento de cuero mientras el auto ronroneaba por la autopista.

El gusto musical de su Maestro era sorprendente y tarareó las canciones que había dispuesto sonaran mientras conducían en un cómodo silencio.

Cerrando los ojos, se quedó dormida mientras el coche corría por la autopista y se adentraba hacia las colinas del interior del estado.

Él sonrió mientras ella dormía tan tranquilamente.

Le había dejado muy poco tiempo de descanso esta semana mientras él se esforzaba por cambiar su visión del mundo y el papel que debía tener en su vida.

Robert decidió dejarla dormir, ya que esta noche dormiría poco si él lograba su objetivo.

Su mente trabajó en sus planes para el resto del fin de semana y se permitió pensar en el futuro y en la ceremonia de collar requerida en el club para garantizar su seguridad allí.

"Todos sabrán a quién perteneces mi Susy". Él le susurró mientras ella dormía.

Condujo por el último pueblo pequeño antes de dirigirse el que vivían sus familias y se detuvo en una calle tranquila a unos quince minutos de su casa.

"Despierta Susy".

Él se inclinó y le acarició la mejilla cuando sus ojos se abrieron y ella observó dónde estaba.

"Oh, lo siento mucho, solo quise cerrar los ojos por un minuto".

"Necesitabas descanso" Él le sonrió y se inclinó para besarla profundamente, posesivamente. "Y no olvides que, aunque no esté contigo todo el fin de semana, me perteneces".

"Si señor." Su rostro mostraba su nerviosismo y sus dientes atrapados en su labio inferior.

Bajando los tirantes de su vestido, la expuso y tiró de la cadena.

"Esto debe desaparecer antes de que abraces a tus padres".

Él se inclinó para besarla mientras le sacaba la cadena con fuerza, callando su sonido quejumbroso y los quejidos posteriores con un beso.

Su deseo por ella era tan fuerte que su beso se demoró mientras sus manos acariciaban suavemente sus suaves pezones.

Su respiración se aceleró cuando él la acarició y se recostó sobre ella.

Pero él respiró hondo.

"Si no te llevo a casa ahora, pueden pasar horas antes de que lo logremos. Estás tentándome, mi pequeña esclava".

Ella sonrió ante sus palabras sintiendo el calor en su mirada, como si él pudiera devorarla.

La hacía sentir tan sexy y deseada con esa mirada.

Aprovechó la oportunidad para besarla por última vez y sacó el auto de vuelta a la carretera.

Estaba nerviosa y ansiosa cuando aparecieron escenas familiares y se metieron hacia la calle que conducía a su casa.

Acomodándose sobre él, él colocó su mano sobre su muslo,

"No te preocupes, todo saldrá bien, disfruta del tiempo con tu madre antes de que comience la fiesta. He organizado algunas sorpresas para las dos".

Ella lo miró con los ojos muy abiertos.

"Confía en mí, mi Susy".

LA HISTORIA CONTINUA EN EL PRÓXIMO VOLUMEN: LA FIESTA

HÚMEDA BIENVENIDA
ERIKA SANDERS

Glenn llega a casa después de un duro día de trabajo y deja su maletín y su abrigo junto a la puerta.

Él se encuentra que la casa está inusualmente tranquila pero no le presta demasiada atención y se dirige a la habitación.

Mientras sube las escaleras, huele el maravilloso aroma del perfume de su amada esposa Susan.

Cuando llega al rellano, oye unos débiles sonidos de música escapando levemente a través de la puerta de su habitación.

Asegurándose de no hacer ningún ruido, abre la puerta lentamente.

"¿Susan?" dice con una voz masculina bastante profunda.

A medida que la puerta se va abriendo cada vez más, la visión de su cuerpo desnudo acostado en la cama lo hace temblar.

"Si nene." ella dice en una voz sensual.

Él comienza a acercarse hacia la cama, pero ella le indica que se detenga.

Desconcertado, hace lo que le indica sabiendo que ella tiene algo en mente.

Ella se levanta de la cama.

Su cuerpo se mueve con mucha gracia.

No puede evitar estar fijo en su delicioso pecho moviéndose ligeramente mientras ella camina hacia él.

Siente que su polla se endurece cuando pasan por sus pensamientos

"Ella es tan hermosa".

Ella extiende sus manos y le desabrocha el cinturón.

También los pantalones, los desabrocha y se los baja.

Esto lo hace temblar de emoción.

Como ella lo ve tan emocionado, se sonríe y tira de sus boxers hacia abajo con una necesidad hambrienta de chupar su miembro duro.

Ella coloca suavemente sus manos sobre su ahora erecta polla, acariciándola lentamente.

Luego saca la lengua y lame la cabeza antes de colocársela en su boca.

Él gime cuando ella comienza a chupar su polla dura.

Moviéndola hacia dentro y hacia fuera de su boca cada vez más rápido.

Luego vuelve lentamente a un ritmo bajo y gira su lengua alrededor de la cabeza mientras lo acaricia con la mano.

Él gime mientras su mano acaricia la cabeza rosada de su polla.

Luego lame sus bolas hasta la punta de su polla.

Ella se lo saca de su boca y se levanta para besarlo apasionadamente mientras le quita la camisa.

Él envuelve sus cálidos brazos alrededor de ella, acercándola a él, sintiendo sus senos presionados contra su pecho.

Mientras se besan, sus manos corren por su cuerpo sintiendo su piel suave bajo las puntas de sus dedos.

Sus manos se mueven sobre su trasero y lo aprieta con fuerza.

Él la levanta por el culo envolviendo sus piernas alrededor de su cintura y se mueve hacia la cama.

Él la acuesta suavemente y se mueve encima de ella.

La besa profundamente bajando hasta su cuello y pecho.

Lentamente lame alrededor de su seno derecho cada vez más cerca de su, ahora, pezón erecto.

Él coloca su pezón en su boca y lo chupa mordiéndolo suavemente.

Moviéndose hacia el otro seno, él se agacha y comienza a frotar su clítoris, lo que hace que ella aumente su respiración y comience a gemir ligeramente.

Él frota más rápido mientras besa su estómago enfocándose en su ombligo.

Ella siente que se moja mucho y su respiración se acelera.

Él besa su lindo montículo y luego reemplaza sus dedos con su lengua.

Chupando y mordiendo suavemente su clítoris.

Esto la envía a una ola de placer, gimiendo.

Luego inserta un dedo que pasa por los labios de su coño hinchado hacia ese lugar secreto y resbaladizo.

Él desliza su dedo dentro y fuera lentamente y luego se apresura insertando otro dedo más mientras ella gime.

Él continúa concentrándose en chupar su clítoris mientras sus dedos golpean preciosamente ese lugar tan especial en su interior que sabe que la vuelve absolutamente loca.

Ella gime en voz alta y siente un hormigueo desde la pierna derecha hacia arriba y alrededor de su cuerpo y que sale hacia su pierna izquierda.

"¡Oh bebe!" ella gime, "¡Eso se siente tan bien!"

Glenn sabe que, si continúa así, ella definitivamente irá al límite, por lo que se ralentiza y besa su cuerpo de regreso para devorar su boca.

Comparten un beso apasionado.

Sus lenguas bailando juntas.

Quitando sus dedos de su coño ahora empapado, comienza a masajear su seno derecho.

Sus gemidos reprimidos por los besos.

El beso se rompe y ella le susurra al oído:

"Te necesito dentro de mí, cariño".

La mención de su polla dura deslizándose en el coño mojado de su amada lo hace gruñir de lujuria y se mueve encima de ella.

Abriendo sus piernas con sus caderas, se posiciona para entrar en ella.

Jugando con ella, inserta solo la cabeza y luego se retira lentamente.

"Por favor dámelo todo." ella le suplica, pero él prevalece y sigue el ritmo del juego metiendo solo la punta y retirándola cuando ella comienza a gemir.

Finalmente, en un punto inesperado, conduce a su miembro duro hasta el final para hacerla chillar.

Él comienza a empujar dentro y fuera de ella lentamente con golpes largos y duros.

Él comienza a acariciar más fuerte y más rápido tirando de su trasero para una penetración más profunda.

"Oh, Dios, te sientes tan bien dentro de mí. Te amo tanto cuando follas mi coño".

A esto gruñe y se retira de repente.

Él le hace un gesto para que se dé vuelta y ella lo hace rápidamente con un salto de emoción.

Él sabe que entrarla por detrás es una de sus posiciones favoritas y también a él le encanta dárselo así.

Él le inserta su polla y comienza a empujar duro y rápido.

Ella gime en voz alta, diciéndole más fuerte.

Le encanta follar a su encantadora esposa, así que comienza a ser más duro con ella.

Su cuerpo y bolas golpeando contra su culo ahora rojo.

Ella comienza a empujar de vuelta a sus empujes, haciendo que su polla se introduzca aún más adentro.

Ambos gimen de placer.

"Oh, me voy a correr, nena. ¿Estás lista para mi leche?"

"Oh, sí bebé, yo también me voy a correr".

Unos cuantos golpes más y Susan grita de placer y su cuerpo comienza a temblar cuando su orgasmo la está abrumando.

Glenn siente que las paredes de su coño comienzan a ordeñar su polla y ya no puede aguantar más.

Gruñendo su nombre, él dispara su esperma caliente profundamente dentro de su coño ahora cremoso y húmedo.

Susan, exhausta por su explosión, descansa sobre sus codos cuando siente que le arroja unos chorros más de semen dentro de ella.

Satisfecho, e intentando no caerse sobre ella, se retira lentamente de su coño y la agarra por la cintura tirando de ella hacia la cama con él.

Se miran a los ojos, ambos nublados por los poderosos orgasmos que acababan de atravesar sus cuerpos hace apenas unos segundos.

Una satisfacción de conocimiento mutuo persiste en la habitación mientras los dos se duermen en los brazos del otro.

FIN

SUMISA
ERIKA SANDERS

Te deseo.

Todo de ti.

De la cabeza a los pies y todo lo demás.

Tu cuerpo, tu mente, tu alma.

Las imperfecciones que odias que yo no.

Amo cada parte de ti, tal como eres.

Especialmente ese culo.

Quiero estar contigo.

Todo el tiempo.

No importa dónde esté.

Mi mente divaga, provocada por un pensamiento o una imagen.

Una canción.

Tus iniciales en una matrícula.

Una simple palabra hablada de pasada que tiene un significado especial para ambos.

Un extraño que lleva el pelo como tú.

Vestido como tú.

Quiero oír tu voz.

Cuando me llamas con tus nombres de mascotas.

Dime que me amas, me extrañas.

Describe cómo fue tu día.

Pregúntame sobre el mío y dame tu opinión.

Comparte lo que estamos haciendo o planeamos.

Incluso lo mundano.

Sedúceme a altas horas de la noche mientras estoy tumbada desnuda en la cama en la oscuridad y tú estás a kilómetros de distancia.

Sé duro conmigo cuando me pongo malcriada y hago pucheros por colgarme el teléfono para dormir o para prepararte para el trabajo.

Quiero ver tu interior abierto por escrito.

Saboreo cada nuevo mensaje y foto.

Reviso las conversaciones pasadas.

Recuerdo que cuando no estamos físicamente juntos, todavía piensas en mí.

Que puede estar ahí con un toque de tus dedos.

Tus palabras son fuertes a pesar de que no hay sonido; me tocan en el fondo, como si me las hubieras dicho directamente al oído.

Quiero comentar mis novelas contigo.

Sugiéreme ideas mientras hacemos una lluvia de ideas sobre la trama y los nombres de los personajes.

Elimina las áreas problemáticas.

Marearte con los comentarios y opiniones de los fans.

Apaciguar mi ira y confusión cuando los lectores sin rostro y sin corazón critican mis historias sin una buena razón.

Y continúo escribiendo otro día con tu ánimo.

Quiero ser domesticada por ti.

Para cocinar y hacer los quehaceres de la casa.

Hacer recados.

Ir a bailar, ver una película y hacer viajes.

Solo acurrúcate y toma una siesta en el sofá en un fin de semana lluvioso.

Llamarme deseoso para hacer el amor bajo montones de mantas en la cama todo el día.

Dormirnos en los brazos del otro por la noche y luego despertarnos uno al lado del otro por la mañana.

Ducharnos juntos.

Tener sexo de reconciliación cuando peleemos.

Quiero ser besada por ti.

Repetidamente.

Tanto con ternura como con brusquedad.

Sabes cómo burlarte de mí.

Satisfacerme.

Despertarme con tus labios, dientes y lengua.

Para hacerme llorar y gemir.

Suplicar.

Mi cuerpo tiembla.

Quiero hacer cosas pervertidas contigo.

Asistir a comidas y eventos.

Hacer amigos en tu estilo de vida.

Participar en juegos sexuales en fiestas.

Descubrir más deseos secretos.

Liberar nuestras inhibiciones.

Explorar nuestros lados más oscuros.

Llevarnos el uno al otro a lo más alto de los máximos y luego consolarnos el uno al otro cuando caemos en el más bajo de los mínimos.

Quiero ser dominada por ti.

Gruñó porque soy tuya.

Haces que mi pulso se acelere y que la respiración se detenga al oír tus órdenes.

Silencioso o brusco, ambas situaciones me hacen sonrojar.

Tengo muchas ganas de que me sujetes contra la pared con tu polla entre mis piernas, presionado contra mi coño.

Que me ordenes follarte ... que venirme solo cuando tú lo digas.

No tengo más remedio que ceder cuando torturas mis oídos, cuello y pechos con tu boca.

O cuando siento tus manos sobre mi cuerpo mientras reclamas lo tuyo.

Mi pecho se hincha de orgullo cuando dices que soy una "buena chica" por hacer lo que quieres.

Quiero estar atado por ti.

Físicamente.

Mentalmente.

Con tus manos, esposas o cuerdas.

Mis muñecas sostenidas en tu agarre por encima de mi cabeza o aseguradas a la cabecera de la cama.

Piernas restringidas, juntas o separadas.

Mis movimientos y reflejos controlados.

Cualquier posibilidad de tocarte eliminada.

Una venda sobre mis ojos para no ver lo que me vas a hacer.

Quiero ser jodida por ti.

Desnuda y abrumada bajo tu cuerpo mientras me arrasas.

Quedarme libre de restricciones sin un toque de ninguno de los dos, usando solo tus palabras para hacerme retorcerme y gemir mientras arruinas mi mente deliciosamente.

O los toques simples y ligeros que has descubierto que me sacan múltiples orgasmos sin importar dónde acaricies mi cuerpo.

Quiero que me utilices.

Ser arrastrada de un sitio a otro a tu antojo.

Abrumada cuando lucho.

Mi trasero desnudo golpeado mientras me sujetabas.

Mis juguetes usados en mí ... por ti.

Tu mano aferrada a mi cabello en la parte de atrás de mi cuello.

Presionando ligeramente sobre mi garganta mientras me miras a los ojos.

Para recordarme quién está a cargo.

Quiero obedecer tus reglas.

Cuando estás fuera de mi alcance, me dan algo en lo que concentrarme.

Están definidas teniendo en cuenta mi mejor interés.

Sé que serás disciplinado en consecuencia si las rompo.

Que confíes en mí para ser honesta contigo cuando te he desobedecido.

Quiero que me consueles.

Acurrucada contra ti cuando estoy a abrumada o tengo un mal día.

Mi cabello acariciado y besado con mi cabeza acurrucada debajo de tu barbilla contra tu pecho.

Calmada por tus palabras y tus brazos a mi alrededor.

Mecida hasta que cese cualquier lágrima.

Quiero cuidarte.

Para abrazarte cuando estás triste, cansado o enfermo.

Seré tu fuerza, alguien en quien apoyarte, porque incluso un Dominante puede tener momentos débiles.

Como tu sumisa, estoy aquí para ti en cualquier situación que me necesites.

Para complacerte o aliviar tu dolor.

Quiero todas estas cosas y más.

Porque soy sumisa de esa manera.

Como tu dominante ...

FIN

www.ingramcontent.com/pod-product-compliance
Lightning Source LLC
LaVergne TN
LVHW090128160826
845673LV00015B/1118

* 9 7 9 8 2 3 0 2 5 0 5 5 5 *